U0504689

高楼对海

余光中 著

上海三联书店

目 录

喉　核

——高尔夫情意结之一

猝然

越过一公顷又一公顷的私家草地

越过被变更被窃占的国土

越过滥挖滥垦滥建的荒原

越过污染而无鱼的河溪

越过窒息而无鸟的大气

越过焦臭的尸体尸体尸体

赫然六十四具，越过

犯法又犯规的火烧岛，越过

这贪婪之岛特权之乡一只小白球

从今天昨天明天天天一样荒谬的头条

正当我张口要惊呼

竟以那样准确的无礼
不偏不倚，命中了我的咽喉
而且哽在这里，连愤怒带郁卒
变成一球再也进不了洞的
——他妈的喉核

——一九九五·三·十四

麦克风，耳边风

——高尔夫情意结之二

在麦克风的前面
你不是再三表明
永远要和人民
站在一起的么？
可是全世界人口
最密的这岛上
你却站得那么远
跟我们之间
隔开了多少公顷呢
那一片鲜绿的草原？
就算你猛力挥杆吧
那一只高贵的白球

也落不到我们身边
既然你要瞄准的
是球洞而非耳洞
无论你挥舞的姿态
摆得有多么优雅
传到我们台下
也无非只是
又一阵耳边风

——一九九五·五·三

十八洞以外

——高尔夫情意结之三

把我用过的稿纸全拼起来
怕也盖不满
你那片骄翠的球场

但是我笔尖到过的地方
你那只洁白的小球
也无法梦想

尽管满袋子都是高球证
也未必保证
进得了青史，更莫提天堂

小心了，否则你显赫的名字
有一天落进
我诗句的小注里，沦为僻典

而白球呢滚入了野草深处
就算出动全部的桩脚
也遍寻不着

——一九九六·二·廿八

厦门的女儿

——谢舒婷

厦门的女儿就住在
童话大小的岛上
浪花镶边的岛屿
依偎在厦门身旁
也是厦门的娇女

而靠在她的膝下
还有天真的石矶
像小鸡跟着母鸡
传到第三代
就成了厦门的孙女

或许怕童话太轻巧
不敌摇撼的晚潮
便用英雄的石像
用悲剧巍巍的重量
把风波沉沉镇住

她在我前面带路
踏着韵脚的快步
小径沿着石壁
一页页为我掀开
故事生动的插图

图里只见到一角
或半角的白楼红瓦
用琴音潇洒
隔着树影和斜巷
跟我们捉迷藏

她带我曲折进入
岛屿葱茏的深处

一级又一级天梯
把我带到了高处
到了，她住的古屋

高比门神的双扉
只透进半扇天色
空廓的厅堂上
有一点民初的什么
在耳语着沧桑

她从炉灶边出来
圆面的石桌忽然
布满了闽南口味
热腾腾的地瓜粥
是我乡愁的安慰

但是匆匆的渡轮啊
像传说的金马车
原来是南瓜变成
却在码头边喊我

说，已到了黄昏

隔着清明的暮寒
回头是厦门的海岸
灯火已通亮
车尘和市声嚣嚣
正等我重投罗网

——清明节于鼓浪屿
一九九五·四·五

附识：

清明之日，徐学带我夫妇二人，自厦门过海去鼓浪屿，访舒婷及其丈夫诗评家陈仲义。舒婷是厦门人，可称“厦门的女儿”，鼓浪屿在厦门西南岸边，小岛依傍大岛，亦俨然“厦门的女儿”。

浪子回头

鼓浪屿鼓浪而去的浪子
清明节终于有岸可回头
掉头一去是风吹黑发
回首再来已雪满白头
一百六十浬这海峡，为何
渡了近半个世纪才到家？
当年过海是三人同渡
今日着陆是一人独飞
哀哀父母，生我劬劳
一穴双墓，早已安息在台岛
只剩我，一把怀古的黑伞
撑着清明寒雨的霏霏
不能去坟头上香祭告

说，一道海峡像一刀海峡
四十六年成一割，而波分两岸
旗飘二色，字有繁简
书有横直，各有各的气节
不变的仍是廿四个节气
布谷鸟啼，两岸是一样的咕咕
木棉花开，两岸是一样的艳艳
一切仍依照神农的历书
无论在海岛或大陆，春雨绵绵
在杜牧以后或杜牧以前
一样都沾湿钱纸与香灰
浪子已老了，唯山河不变
沧海不枯，五老的花岗石不烂
母校的钟声悠悠不断，隔着
一排相思树淡淡的雨雾
从四○年代的尽头传来
恍惚在唤我，逃学的旧生
骑着当日年少的跑车
去白墙红瓦的囊萤楼上课

一阵掌声劈啪，把我在前排

从钟声的催眠术里惊醒
主席的介绍词刚结束
几百双年轻的美目，我的听众
也是我隔代的学妹和学弟
都炯炯向我聚焦，只等
迟归的校友，新到的贵宾
上台讲他的学术报告

后记：

清明时节回到厦门，参加母校厦门大学七十四周年校庆，并在中、外文系各演讲一场（当地谓之“学术报告”）。四十六年前随双亲乘船离开厦门，从此便告别了大陆。他们双墓同穴，已葬在碧潭永春祠堂。厦大也在海边，鼓浪屿屏于西岸，五老峰耸于北天。囊萤楼，多令人怀古的名字，是我负笈当日外文系的旧馆。李师庆云早已作古，所幸当日的老校长汪德耀教授仍然健在，且在校庆典礼上重逢，忘情互拥。

——一九九五·四·十五

木星冲

初夏的天空悠悠地转着
　再仰也难尽
一只雕花的蓝水晶瓶
透明的天壁上，晴云细纱
转成一幅会飞的壁画
小小的港城就偎在瓶底
桅樯和起重机，灯塔和防波堤
都跟着季节一起转动
转出一阵又一阵海风
吹起一叠又一叠层浪
直到朝霞转成了夕锦
空洞的蓝水晶结成黑水晶

整个宇宙都暗了下来
只为木星，太阳族体面的血亲
难得赫赫过境的远邻
在四亿哩外亮起了驿灯
氢魂与氦魄终古不灭
不由不信的一个奇迹
越过所有的屋顶和争辩
赤裸裸用美指证着神明
风止后的空中，坚定的金芒
整夜就高悬在海峡之上
在我一无所有的晚年
伴着我短眠的长夜
比台北更亲近，童年更逼真

——一九九五·六·四

抱孙女

降世才七天，七磅的小生命
两手握拳，弯弯的细脚
从襁褓里斜伸了出来
一排豆大的脚趾，整齐而细致
更细致的趾甲看得我眼花
只好把眼镜脱下，凑近去端详
这无辜又无助的睡态
是胎里的蜷伏所带来
乌亮的湿发枕在我臂弯
奶瓶刚刚吮过，正怡然，恬然
偎在我怀里睡去，稚嫩的眼睑
合成安详的一线，无梦之眠

该无焦虑的压力吧，更无记忆
只偶然半睁开惺忪，黑白分明
瞥我一眼，立刻又阖上
更偶然，会绽开满脸笑容
全无意识，却也会牵动
恁小的一个酒窝。尽管如此
从雏幼的脸上已可窥识
她母亲小时的秀气，肤上
胎红渐褪了，露出白皙
但我早非当年，那少壮的父亲
这世纪，也已非当年的光彩
倒数声中，二十一世纪
正橐橐向我们迈来，迎接的
不是抱她的祖父，是这婴孩
而凭我，一头风霜的见证
这消逝的世纪并不快乐
风灾与地震，恶疾与战争
神话要领走美丽的禽兽
传说要收回清澈的江海
紫外线和酸雨当头袭来

这世纪，不比上一个世纪快乐
也不敢妄想，下一个会更可爱
这世界，还是不来的为妙
你会有许多玩具，豪贵而精巧
但人类已经太早熟，并不好玩
童年是愈来愈短，愈不像童年
更不能奢望会像童话
世故催天真赶紧长大
一切已太迟，无论我怎么劝阻
都挡不住你了，几星期前
你已经学会了翻筋斗
在幽昧的羊水里，你早就
像马戏的艺人，拳打脚踢
要挣脱脐带，告别母胎
出来看你崭新的世界，世纪
却看见了我，视而未睹
也不会记得，就在第七天
你曾经单独地陪着祖父
还没有满月呢，当窗外
纽约的盛暑正曳着蝉声

隔着枫树犹翠的风凉
臂上托着你天真的七磅
心头却压着更沉的重量，为了
海峡的惊涛捣打着两岸
飞弹正啸着不安的风声
俯望这新生命在我的老怀
正甜甜地入睡，把一切
都那样放心地交托了给我
奶香与溺臭，体温与脉搏
匀称的呼吸隐隐起落
你那样相信我，而我
却这样不相信你，不信你
会逢凶化吉，自有福分
原谅祖父吧，这忧患的老人
而且用你坦然的卧姿
和满有把握的小小拳头
说服我，说，这世界虽有千般的不是
却把你啊小乖乖，带给了我
一个奇迹，一个恩宠
一则神话，证明有神明

一个无忧无虑的女婴
无畏一切地降临这乱世
且睡得如此安静而深沉
成人的噩梦无法惊扰
那睡姿，如此原始又如此童稚
千灾百害都近不了身，似乎在说
“未来是我的，你不用担心”
——于是我手中抱的
不再是猜疑，是希望
满满的一怀呢，整整七磅

——一九九五·九·三

为孙女祈祷

才七日之婴呢
还不懂什么叫玩具
快七秩之叟了
早非玩玩具的年龄
我抱你怀里，满足之情
竟像回到童年，抱着
一件精致的新玩具
这样的隔代遗传
幸而是隐恶扬善
该令我自豪，不知道
究竟哪一样更加得意
老来的玩具，少壮的诗集

都靠点天机，非但人力
我玩着你的小手
把可笑的一握稚气
托在我满掌的沧桑
愿这只小手，当你张开
不论是顺手或是拗手
都能够用劲地把握未来
我玩着你的小脚
幼细的十趾尚未着地
一生一世的长征
尚未起程，只默默祝福
不论是坦途或是险路
每一步，你都踏得安稳

——一九九五·九·廿二

食客之歌

如果菜单
梦幻
像诗歌

那么账单
清醒
像散文

而小费呢
吝啬
像稿费

食物中毒

呕吧

像批评

后记：

愁予得奖宴客，对菜单精选美肴。菜单分行横排，名目缤纷华美，愁予叹曰："菜单如诗歌！"我应声答曰："账单如散文！"众客失笑。回家后续成此诗。

——一九九五·十

劝一位愤怒的朋友

说到此事
你就气得半死
甚至在噩梦中
咬牙，切齿

其实此君
是公认的无耻
不论是谁提到
都会不齿

既然如此
就把他忘掉吧

区区这些鸟事
何足挂齿

不如且笑一笑
吃吃，嗤嗤
露出你的天真
一排牙齿

——一九九五·十·八

深呼吸

——政治病毒一患者的悲歌

那医师终于放下了听诊器
带点困惑的表情说
“你的胸腔太窄了
容不下幢幢的黑幕
你的胃纳太小了
消不化窃窃的丑闻
你的耳朵太浅了
装不了夸夸的谎话
而血压也太高了
受不了更多的刺激
你的心脏，尤其，太脆弱
经不起一再的暴力

你的横膈膜太紧了
负担着太久的郁积
只怕你体质太敏感
捱不过这两次选举
公元前楚国有一个病人
罹患过类似的自虐症
这洁癖，医不好更患不起
又有个杞国人神经衰弱
担心女娲天没有补好
大难自半空怕会飞落
也许你正是隔代遗传
　我唯一的建议
是退掉报纸，关掉电视
避过早晚一再的打击
麦克风必须躲开，还有
台上那几张真假面具”

于是他戒掉了晚间新闻
放弃了，啥米碗锅，所谓
知的权利，知了又能够如何？

还不如知了知了听蝉叫
每到黄昏，三台发作的时辰
你看他，独坐在防波堤上
对着海峡的空空，茫茫
水平线总没有谁在牵线了吧？
潮水汹汹，也不像有谁在鼓动
落日一沉，对着无主的晚景
　他开始深呼吸
从鼠蹊到小腹到横膈膜
从腐败的肺叶烂蜂窝的肺泡
从长苔的支气管支气管到气管
从生菌的咽喉与鼻窦他呼出
驱妖赶魔他狠命地吐出
日夜积压的那一腔暮气
掀顶而出的那一股怒气
戾气，脾气，小气，鸟气，废气，晦气
还有流气，油气，邪气与腥气，种种
坏风气，恶习气，令人丧气又生气
你看他，独坐在天地之间
推开狱窗，一排禁锢的肋骨

向无限与永恒徐徐地吸进
为缺氧的梦深深地吞入
　　淋漓的元气
　　澎湃的水气
　　磅礴的大气
周行不殆沛然而不衰的浩气
　　先知的胆气
　　英雄的豪气
　　烈士的骨气
　　隐者的傲气
化一切的暮气沉沉为朝气
把污染的生命洗个彻底
而使气管无碍
　　血液重生
　　肺腑开放
　　眼神分明
直到那深呼吸，安详而舒畅
频率起伏接通天风与海流
一排三尊石像，他坐在中央
而为何达摩在左呢，许由在右

那他又是谁呢——“我，是谁？”
他正待扪心自问，却发现
右手怎么抬不起了啊右手？

一惊而醒
又一辆竞选的宣传车
咆哮而过

——一九九五·十·十

灿烂在呼唤

——写在夏菁七十岁生日

想起今日
独自在海外
你把生日蛋糕
圆满而且多层
当乡愁的横断面
一刀切开

密密七十圈年轮
从霜皮到木心
无情的锋刀
向神秘的焦点
一九二五

探你生命的起源

想当初从里向外
把自我中心的世界
你一层又一层推开
到第三圈上
我的初啼再响亮
也不入你耳里

要等到三十圈外
岛上丰沛的雨水
将我们灌溉
双树才交柯接叶
嘤嘤的共鸣
一呼一应

可惜四十圈后
我们就分走
各自离心的方向
却不时回首

岛上少年
同心的时光

而七十圈以后呢
当霜皮凋尽
而木心未朽
则歌与一切
都会回到当初
那神秘的焦点？

回到生命的起点
当一切年轮
都转成光轮
灿烂在轴心呼唤
魂兮归来
西方不可以止兮

归来，归来
起点正是终站

附记：

诗人夏菁生于一九二五年十月十六日，长我三岁，刚过七十岁生日。四十年前，我们同在台北，并驰诗坛者历十余年，其后他定居美国落矶山下，良晤遂少。他是森林专家，所以我由圆形蛋糕想到树心的年轮。

——一九九五·十·十八

母难日 三题

今生今世

今生今世
我最忘情的哭声有两次
一次，在我生命的开始
一次，在你生命的告终
第一次，我不会记得，是听你说的
第二次，你不会晓得，我说也没用
但两次哭声的中间啊
有无穷无尽的笑声
一遍一遍又一遍
回荡了整整三十年

你都晓得，我都记得

矛盾世界

快乐的世界啊
当初我们见面
你迎我以微笑
而我答你以大哭
惊天，动地
悲哀的世界啊
最后我们分手
我送你以大哭
而你答我以无言
关天，闭地

矛盾的世界啊
不论初见或永别
我总是对你大哭
哭世界始于你一笑

而幸福终于你闭目

天国地府

每年到母难日
总握着电话筒
很想拨一个电话
给久别的母亲
只为了再听一次
一次也好
催眠的磁性母音

但是她住的地方
不知是什么号码
何况她已经睡了
不能接我的电话
“这里是长途台
究竟你要
接哪一个国家？”

我该怎么回答呢
天国，是什么字头
地府，有多少区号
那不耐的接线生
卡挞把线路切断
留给我手里一截
算是电线呢还是

若断若连的脐带
就算真的接通了
又能够说些什么
“这世界从你走后
变得已不能指认
唯一不变的只有
对你永久的感恩”

——一九九五·十一·五

登　高

——重九日自澳洲返台

重九佳节，登高避难
多神秘而又美丽的传说啊
我也一一虚应了故事
整天在幻蓝里御风飞行
时速七百里，攀高三千丈
把桓景一家人的野餐
抛在东汉的某一座山顶
至于菊花酒呢，早在晋末
就被陶公饮尽了，只好
用空姐斟来的红酒充当
我骑的飞行袋鼠“旷达士”
辞澳洲，越印尼，踢踏新加坡

与香港，七千里一日便飞还
把南半球奇异的星座
叮叮当当，全挂在赤道下方
而贪睡的无尾熊宝宝
全留在尤加利树的枝上
这样的缩地术，即使
费长房恐怕也自叹不如
却担心夕暮到家，既无鸡犬
也没有牛羊能代我赎罪
传说的劫数该如何担当
母亲生我于多难的重九
登高久成了我命中的隐喻
费仙驱鬼，倚仗的是神符
“后失其符，为众鬼所害”
而我驱鬼，凭的是诗篇
只要一日诗在，笔未缴还
就无畏百祸千灾，包括空难
生辰断非死日，更何况
诗，还有一千首未写完

——一九九五·十一·七

悲来日

——百年多是几多时

这年去年来悠悠的厮守
元宵到清明，端午到中秋
并非永无止境的特权
神所恩赐的神也能没收
你的皱纹啊我的白发
是变相的警告，不落言诠
新婚之乐才恍如昨夜
一世夫妻倏忽已晚年
脉脉相依，多少朝朝暮暮
一灯如渡，把我们从黄昏
从黄昏的温柔领到黑夜
双枕并舷，把我们从黑夜

从黑夜的幽深引到清晨
只怕有一天猝然惊寤
双枕并排只剩下了一枕
不敢想究竟是谁先，只怕
先走固然要独对邃黑
留后也不免单当孤苦
不敢想，在诀别的荒渡
是远行或送行更加悲伤
只怕不像洞房的初夜
一个，睡的是空穴
一个，枕的是空床

——一九九五·十一·廿九

秋后赖账

垄断过十里街景
可怜这满城选旗
曾经招展迎风
呐喊过三色的口号
攻占不安的安全岛
升高广场的战争
却不敌一串密集的鞭炮
在呛咳的硝烟纸雨里
杆折，旗倒，全军覆没
不分敌友，更无论编号
只见伤亡枕藉，满坑满谷
一夕之间全作了废票

而不论上面印的是什么
这一切信誓旦旦，大言炎炎
样版的丰采，招牌的笑面
管你是正是反，是倒是颠
一视同仁，都被车尘抹黑
除了风，偶然来翻弄
再也没行人掉头回顾
　就连当初
　闹热滚滚
那些拍胸握拳的候选人

——一九九五·十二·六

夜读曹操

夜读曹操，竟起了烈士的幻觉
震荡腔膛的节奏忐忑
依然是暮年这片壮心
依然是满峡风浪
前仆后继，轮番摇撼这孤岛
依然是长堤的坚决，一臂
把灯塔的无畏，一拳
伸向那一片恫吓，恫黑
寒流之夜，风声转紧
她怜我深更危坐的侧影
问我要喝点什么，要酒呢要茶
我想要茶，这满肚郁积

正须要一壶热茶来消化

又想要酒，这满怀忧伤

岂能缺一杯烈酒来浇淋

苦茶令人清醒，当此长夜

老酒令人沉酣，对此乱局

但我怎能饮酒又饮茶

又要醉中之乐，又要醒中之机

正沉吟不决，她一笑说

“那就，让你读你的诗去吧”

也不顾海阔，楼高

竟留我一人夜读曹操

独饮这非茶非酒，亦茶亦酒

独饮混茫之汉魏

独饮这至醒之中之至醉

——一九九六·一·廿三

隔一座中央山脉

——空投陈黎

就像发球一样
隔了整座中央山脉
你从早餐桌上
发过来一枚朝暾
等我接到时
已变成海峡的落日
灼灼，仍感到余温
到夏天你也会
从东岸的前卫
发过来一阵台风
太平洋怪胎的撒泼
等我接到时

风头已变成风尾
呼呼，仍感到余威

有时你会即兴
从邃秘的海底
发过来一排地震
菲律宾板块的推挤
等我接到时
六级已变成二级
轰轰，仍感到余势

现在该我发球
隔了一整座中央山脉
看我把余温，余威，余势
收拢在如来的掌心
只吹一口气
就变成一只回力球
霍霍，弹回花莲去

东岸的诗人

且
看
你
如
何
接
我
这
一
球

——一九九六·二·二

附　录

与永恒对垒——和余光中老师

陈　黎

球飘回来的时候我正在北回线火车上
打开午后的早报，惊见一枚穿过梦与地理
破壳新生的老太阳，它慢慢升起停在闪亮的
窗玻璃上凝视我，激发我，丝毫不因
火车或我心跳的加速，倾斜它的优雅

它居然跟着我到达了台北车站，跟着报纸
折进我的行囊。如果行囊是诗囊，是否诗句
如记忆，和铁轨一样长，节节存进时光以外
奇异的光中自足地熟着的阿波罗的巨蛋？
这一球，顺转弯的铁轨南下将一路滚向高雄

到达诗人所在的西子湾。甚至，跳上他窗外
纤细如缪斯*左右手的两道长堤在指尖的
灯塔激起两三倍灯塔高的浪花。那样的诗意

我也曾在东岸的太平洋边见过，海啸的谣传
台风的前哨，甚至更高更高，卷起千堆雪

在午夜醒觉的梦的海岸

然则梦的地理没有固定疆界，一如诗的球场
忽远忽近忽虚忽实，忽然又改变形状
让阻绝的山脉变成暗喻的跳板，让不可能
相遇的两片波浪打在同一座灯塔。此刻
他应在晚风的窗前笑我，笑我踌躇游移

手忙脚乱，不知该选那一支球拍或诗的节拍
把这强劲的变化球反击回去，一枚周而复始
生生不息的老太阳。他大概没想到，这次
我转换战略借力使力，用力把球挥向未知的
远方，和他站在同一战线，与永恒对垒

附注：

一九九六年二月过高雄，访余光中老师于
西子湾中山大学，相谈甚欢。说到岛屿东

岸、西岸的海，花莲的地震、台风，余老师说可以有诗。二月十五日从花莲往北途中，意外在《联合报》副刊读到余老师的《隔一座中央山脉——空投陈黎》。

* 原作为缪司，现大陆通译缪斯。——编者注

与海为邻

与海为邻
住在无尽蓝的隔壁
却无壁可隔
一无所有
却拥有一切

最豪爽的邻居
不论问他什么
总是答你
无比开阔的一脸
盈盈笑意

脾气呢当然
不会都那么好
若是被风顶撞了
也真会咆哮呢
白沫滔滔

绝壁，灯塔，长堤
一波波被他笞打
所有的船只
从舴艋到艨艟
都拿来出气

有谁比他
更坦坦荡荡的呢？
有谁又比他隐藏着
更富的珍宝
更深的秘密？

我不敢久看他
怕蛊魅的蓝眸

真的把灵魂勾去
化成一只海鸥
绕着他飞

多诡诈的水平线啊
永远找不到线头
他就躲在那后面
把落日，断霞，黄昏星
一一都盗走

西班牙沉船的金币
或是合浦的珍珠
我都不羡慕
只求做他的一个
小小邻居

只求他深沉的鼾息
能轻轻摇我入梦
只求在岸边能拾得
他留给我的

一枚贝壳

好搁在枕边
当作海神的名片
听隐隐的人鱼之歌
或是搁在耳边
暧昧而悠远

——一九九六·二·十四

高雄港上

向那片蛊蓝巫蓝又酷蓝，无极无终
伸出你长堤的双臂
一手举一座灯塔
向不安的外海接来
各色旗号各式名目的远船
吞吐累累货柜的肚量
吃水邃深，若不胜长程的重载
远洋的倦客踏波而来
俯仰更颠簸，历尽了七海
进港的姿态却如此稳重
船首孤高，傲翘着悬崖
后面矗一排起重机架

楼舱白晃的城堡，戴着烟突
驶过堤口时反衬得灯塔
纤秀而小，像一对烛台
一艘警艇偎在她舷下
若鸡雏依依跟随着母鸡
就这么俨然，岸然，她驶进了港来
修硕的舷影峨峨嵯嵯
像整排街屋在水面滑过
而如果有雾，或渔船挡路
一声汽笛，你听，她肺腑的音量
便撼动满埠满坞的耳鼓
一路掠水而来，直到我阳台
那一列以海景为背景的盆景
都为之共震，可以窥见
从海棠的绿深红浅之间
银灰色一艘巡洋舰，船首
白漆的三位数番号，炮影森严
与进港的货柜轮交错而过
正驱向堤外的浪高风险
更外面，海峡的浩荡与天相磨

水世界的体魄微微隆起

更远的舷影，幻白贴着蒙蒙青

已经看不出任何细节了

隐隐是艨艟的巨舶两三

正以渺小的吨位投入

卫星云图的天气，众神的脾气

——一九九六·二·廿九

祷问三祖

海峡茫茫，一汪水蓝的天堑
纵然难渡，也从不拦阻
寒流横越过卫星云图
带来古梅树开花的消息
把神农古历书上的节气
分一点点给这个孤岛
或是高纬远飞的倦客
来我们的树上避寒，歇脚
或是锯齿做花边的邮票
载来对岸渺渺的乡情
但是这一闪青天霹雳
最贵的烟火，最不美丽

无端端破空长啸而来
却烧断所有西望的眼神
把乡愁烧成绝望的乡痛
不禁仰天要祷问妈祖
海峡的守护神啊慈悲无边
两岸同是拜你的信徒
为何要把温馨的香火
烧成令你落泪的战火
不禁要祷问嫘祖，为何
千丝万缕绸缪的蚕丝
一把野火要烧尽乡思
不禁要祷问佛祖，几时
才把这一簇火箭度成莲花

——一九九六·三·十三

苗栗明德水库

森森青翠的深处，是谁
私藏了这一泓明媚
只让童话来投影
不许世界偷窥
山之重围是不会泄密的
悬梦的吊桥也不会
惊疑是怎样误闯进来的
正想问一问闲鹭
这反常的静有什么天机
只见夕凉的长镜上
悠悠扇起了一羽素白

拍着空阔的浩渺

斜

斜

渡

去

——一九九六·三·十六

不朽的旱烟筒

戴一顶宽边的草帽
坐一条狭长的板凳
握一根旱烟筒，六节竹管制成
光脚丫子自得闲趣
乱须疏疏地飘着灰白
却显得是累了，老来
胡子总不免带一点忧郁的
但排开海报上的一切美景
假日酒店，长江大桥
和灯火满城的艳艳夜色
一下子就将我捉住的
是你沧桑而深刻的眼神

总是蚕丛与鱼凫的后人
我从未见过你，却感到
一见如故，无比熟稔
顺着你专注的凝神，我就能
回到自己小时候，有时见你
在茶馆里跟人摆龙门阵
有时在朝天门的码头
你顶着峻斜的石级
挑着重担，向坡势仰蹬
汗滴在烫脚的石上，有时
向春水田里你低头插秧
秧歌跟布谷高低呼应
有时，你抬我坐着滑竿
跟后面的轿夫一接，一传
“天上有颗星，地上有个坑”
长竿轧轧，只见重压下
你汗湿的双肩起起伏伏
蜀道之难由你来担负
而在赶场的日子，有时
在土沱或是在悦来场

石板的街边你蹲守着摊位
卖新编的蒲扇或是草鞋
——正如此刻在海报上
有一搭没一搭，你抽着旱烟
多少年了，又与你见面
我这把秤啊久已失衡
又找到了秤砣，秤出斤两
一缕乡魂是多少重量
记忆倒潮成扬子江水
逆三峡而回溯，不知
你不朽的旱烟筒可不可能
在嘉陵江口等待
一去就半个世纪，整整
有谁啊还能够指认
满头霜雪，这下江人

——一九九六·七·十四

吊济慈故居

岂能让名字漂在水上
当真把警句咳在血中
“把蜡烛拿来啊，”你叫道
“这颜色，是我动脉的血色
一个药科的学生怎会
不知道呢？我，要死了”
写诗与吐血原本是一回事
乘一腔鲜红还不曾咳干
要抢救中世纪未陷的城堡
古希腊所有岌岌的神话
五呎一吋的病躯，怎经得起

冥王与缪思日夜拔河
所以咳吧，咳吧，咳咳咳
发烧的精灵，喘气的王子
咳吧，典雅的雅典古瓶
那圆满自足的清凉世界
终成徒然的向往，你注定
做那只传说不眠的夜莺
在一首歌中把喉血咳尽

两百年后，美，是你唯一的遗产
整栋空宅都静悄悄的
水松的翠阴湿着雨气
郁金香和月季吐着清芬
像你身后流传的美名
引来东方的老诗人寻吊
——我立在廊下倾听
等一声可疑的轻咳
从你楼上的卧室里传来
唯梯级寂寂，巷间深深

屋后你常去独探的古荒原
阴天下，被一只沧桑老鸦
聒聒，噪破

——一九九六·八·廿三

飞越西岸

“我们正飞越台中市”那机长说
“现在的高度是一万八千英尺
地面温度二十八度，天气晴朗”
从小巧的机窗，窥探人间
交锦错绣的金丝线
正编织西岸灿灿的夜景
串不尽翡翠与玛瑙，盘盘，困困
向繁华的蕊心辐凑，聚焦
数不清的蛾，蝶，金甲虫，纷纷
那许多颤动的发光体啊
全落在一张大蜘蛛网里
闪闪地挣扎，飞，不出去

太高了，下面的赌咒或祈求
能听得见吗？这贪婪之岛
今晚若有人在仰天祷告
我的高度正是神的高度
正好俯听下界的不平
但愿我真是一尊神，破空而降
向那张密密的金网
把那只人人都喊捉
却无人敢捉的黑蜘蛛
霹雳一探臂就逮住
只恨我并非神明，徒任
那一地惑人的豪奢
炫耀它虚幻的病态美
何况机翼已倾斜，轮架正辘辘
像一只无助的飞蛾，我同样
被那张魔网吸——下去

——一九九六·九·一

时装模特儿

早春还不见动静
奇幻的伸展台已经
搭一座接梦桥
将水仙的队伍
提前引渡

让全世界苦苦伸颈
却不肯展波一笑
矜贵的眼神
只对空青睐
不与仰慕者相交

难追曼妙的捷足
惊喜一瞥
谁能把风行叫住呢
早就转过脸去了
婀娜中带着坚决

窈窕中带着帅气
侧影亭亭
何用翩翩起舞呢
矫健的步伐
已经够世界注目

闲闲回身，又是一季
转趾，旋腰，摆臂
美学齐备于一身
端庄不妨蛊惑
把前卫的风格完成

只留下失落的我们
意犹未尽

目送远扬的背影
被绝情的接梦桥
纷纷，接去

——一九九六·九·九

雪　山 二题

——观王庆华摄影

至　尊

天黑地白，终古相对
这便是你的面貌么，洪荒
中间是什么也没有
除了一列刚毅的石颜
皱纹美丽，轮廓雄奇
众峰至尊的长老
开天辟地的造山运动
该是你童年的记忆

圆　柏

天蓝得如此深邃而神秘
地白得如此纯洁而天真
　天地之间
一列苍劲的圆柏
　风也吹不倒
　雪也压不弯
　日也晒不坏
在海拔不能再拔高的高处
犹自挺拔地撑起
如此高傲不屈的空无

——一九九六·十一·六

成都行

入　蜀

也不用穿栈道
也不用溯三峡
七四七只消一展翼
便扫开千里的灰霾如扫开
半世纪深长的回忆
把我仆仆的倦足
轻轻放下，交给了成都
我入了蜀

辣喉的是红油

麻舌的是花椒
大曲酒只消一落肚
便扫开岁暮的阴寒如扫开
半世纪贪馋的无助
把我辘辘的饥肠
熊熊烧烫，交给了火锅
蜀入了我

出　蜀

七四七忽然发一声长啸
猛撼诸天惊骇的云层
便赫赫轰轰纵上了青霄
　壮烈的告别式
就用如此断然的手势
把我拔出这盆地，这天府
把无鸟噪晨无猫叫夜的古都
把无犬吠日也无日可吠的蓉城
把满城的茶馆，火锅店，标语，招牌，标语

把满街的自行车，三轮车，货车，面的
把法国梧桐，银杏树，金黄的秋叶
把草堂，武侯祠，三苏祠，二王庙
仰不尽的对联，跨不完的门槛
一炷香自在地上升，流芳了千年
怕什么风吹呢什么运动？
把乐山的大佛，都江堰的雪水
把峨眉到玉垒，古今的浮云
把巴金的童年，李白的背影
把一万万巧舌的巴腔蜀调
大摆其龙门阵，不用入声
滔滔不断如四川南注长江东流
把三分国，八阵图，蚕丛的后代
把久别的表亲，七日短聚
把送行的蜀人，挥手依依
就这么绝情地一摇机翼
全都抖落，唉，在茫茫的下方
但一缕乡思却苦苦不放
一路顽固地追上了天来
且伴我越大江，凌云贵，渡海峡

先我抵达了西子湾头
只待我此岸独自再登楼
冒着世纪末渐浓的暮色
隔海，隔世，眷眷地回首

——一九九六·十一·卅

别金铨

满厅黄菊
一排黑衣
侠女全到齐了
阵容悲肃铮铮有剑气
能吓退东厂的鹰犬
却难挡师父啊
这要命的阴曹
歇下吧
六十六岁的筋骨
莫要再抵抗金属疲劳
该怎样把你接去呢
除了用一场烈火

一场真金的火炼
熊熊，将你焚烧

只剩下一轮古月
像龙门客栈的灯笼
高挂在明代的风里
朗朗照着众侠客
为救护忠良的遗孤
一夜辛苦
奔走在江湖

——一九九七·二·二

问　风

究竟，晚风啊，从何处你吹来
怎么似幻似真
带一点薰衣草的清芬
令人贪馋地嗅了又嗅
怀疑是谁，是你吗，在上风某处
把新沐的长发梳了又梳
否则怎么会似有似无
恍惚觉得有一缕两缕
有意无意拂过我颈际
令人惘惘地闻了又闻
问风啊究竟从何处你吹来
怎么带点奇异的香气

像是风信子在上风初开
紫色的风信子或者薰衣草
也就难怪窗外的阳台
暮霭怎么也带点淡紫

——一九九七·三·十三

飞行的向日葵

——致海尔·鲍普彗星*

达赖把雨季带来了又带去
一连三日，刮起呼啸的劲风
扫净浊雾，辟开空阔的青穹
赫然你来了，天外的远客
比西藏更夐远，密宗更神奇
你来了，西北的星空顿然轰动
所有的镜头都忙着调焦
所有单筒与双筒，都在惊叫
说，你来了，失踪的浪子
久配的流犯，一去四千二百年
一朵向日葵恋母成病
转身寻你光灿的故乡

回头的彗头青发飞扬
被抚于太阳风炎炎的火掌
横空一亿里曳着孺慕
上次你来时，我渺茫的先祖
放下青铜爵愕然仰望
刺眼的异象令人不解
日蚀，月蚀已经够反常
何况你无端地闯进闯出
乱了历书蒙鸿的节气
八卦，五行都安顿不了
你当真映过舜目重瞳
掠过夏禹和诺亚的洪波
见证过夸父和共工的故事
一去无消息悠悠四千载
漫长的前文该如何提要呢
神话与宗教，上次你来时
多半还没有诞生，何况是历史
屈原与荷马，孔子与耶稣
苏格拉底与释迦牟尼
夜长梦多，全是你走后的事

我惶骇的祖先把天灾，人祸
全怪在你头上，不，在你彗尾
改朝，换姓，兵燹，凶年
都怪你出现得不对
为什么这次你归来，偏偏
要挑上日全蚀不祥的时辰
来投奔戴黑面纱的母亲
把家变演上全世界的头条
其实你原是雪球，一团邋遢
因太阳照顾而扬名星际
把微尘喷成唯美的飘发
木星贬你做冰囚，抛你
去荒寒的边境，幸有太阳
迢迢地将你召回母乡
你我原都是宇宙的过客
在真空的戈壁偶然过夜，就着
太阳的风火炉烘手取暖
你逆风刷发，我探火炼诗
我以七十岁为一夜，你以四千年
今夕才一见就要告别

我只能说晚安了，你还可说再见
而这风火炉，当初，开天辟地
是谁造的呢　还能烧多久
该谁来负责？而我又是谁呢，终究
不休的太空客啊，而你，又是谁？
向无壁回音的星墟啊我仰问
猎户与天狼，北斗灿灿与河汉耿耿

——一九九七·四·四

* 即海尔-波普彗星（comet hale-pop）。——编者注

水乡宛然

——观吴冠中画展

曾经，有一条小运河名叫清畅
船去船来，流过后院的粉墙
把木门咿呀推出去
便是江南粼粼的水乡
一叠石阶斜落到水面
把我的赤脚引进波光
那惊喜的沁凉，青苔听说
从上游到下游，所有的桨
所有的桥，所有的鱼虾都共享
后来它就没入了记忆
被战争掳走，不再回头
等到临老再回到苏州

问所有的新桥，都说没见过
所有的孩子，都说不知道
低头问水，那迟滞的腥浊
怎么也照不出我的面目
我转身踏上归途或是不归途
几乎要放弃了，却被吴翁
在背后一拍肩把我叫住
“且跟我来，”他神秘地笑说
便带头领我，一路顺着
他妙手布下的线索和墨痕
回到后院那小运河堤边
顺着青苔石板，一级级
就这么恍然步下河去
　直到水凉触肌
一条鱼认出了我，泼刺跳起

——一九九七·七·廿五

只为了一首歌

——长春赴沈阳途中

关外的长风吹动海外的白发
萧萧，如吹动千里的白杨
我回到小时的一首歌里
“万里长城万里长
长城外面是故乡……”
慷慨的后土，十二亿人的粮仓
两面的玉米田延伸到夐远
高速路的分发线激射向天边
为何我竟然逆风南下呢？
我应该顺着歌谣的方向
卢沟桥、秦皇岛、山海关
铁轨压榨着枕木的沉痛

从南边，从抗战的起点来到沈阳
只为了一首歌捶打着童年
捶在童年最深的痛处
召魂一般把我召回来
来梦游歌里的辽河、松花江
让关外的长风吹海外的白发
萧萧，如吹动路边的白杨

——一九九七·八·廿八

重九送梅新

传说登高那一天
也不带家人
也不告朋友
你竟然独自远行
难道异域
当真是另有风景？

我赶去车站送行
月台早已空空
站长不解说
你行色太匆匆
头也不回

还掉了一只提袋

我接过袋来
发现里面也空空
像人散后的月台
只有几页诗稿
还未写完，梦
才做了一半

问遍菊花
菊花默默
问遍茱萸
茱萸无语
究竟，是谁把你接去？
是费翁还是陶潜？

提着空袋
望着远方
不知道明年重九
我的生日，你的忌辰

究竟该哀悼

还是庆幸——

这苦难的世上

放走一位诗人

而渺茫的山上

召回一位神仙

——一九九七·十·卅

无　论

无论左转或右弯
无论东奔或西走
无论倦步多蹒跚
或是前途多漫漫
总有一天要回头
回到熟悉的家门口
无论海洋有多阔
无论故乡有多远
纵然把世界绕一圈
总有一天要回到
路的起点与终点

纵然是破鞋也停靠
在那扇，童年的门前

——一九九七·十一·十九

残　荷

——题杨征摄影

半盘的雨珠，滚过
满盖的月色，托过
纤纤的蜻蜓，栖过
咯咯的蛙族，藏过
田田摇翠的浑圆
曾经在风里翻掀
掀起仲夏的封面
一页一页的阔边
交叠的绿荫为何
竟已掀到了封底
只剩下这一池空寂
纵枯茎举臂，残叶握掌

怎能挽回六月的盛况
——水镜开奁
　　倒影照艳
粲然，那许多红妆

——一九九七·十一·廿二

祭三峡

大江东下，滚滚后浪推前流
永不休工的水斧
向挡路的巫山
把深邃的回廊劈出
连峰排空是怎样的气势
不让日月向峡里偷窥
却向峭壁的体格凿出
神仙的绯闻，英雄的遗恨
滩声，纤声与猿啸声里
教惊疑的江客隔雾指认
探不尽梦之迷宫永不闭馆
悠长的回声谷余音不断

都说是江流而石阵不转
谁料神话也限期搬家
纵使磊磊与天地同寿
十二峰也像是十二指肠
要开膛剖肚，大动手术
为新造的云梦巨泽接生
巫山不再是云了，高唐更非梦
面纱一揭不再有谜底
从巴关到荆门，迢递的行旅
锁峡的拉链一拉开
先主的悲愤，孤臣的惶恐
宋玉的绮念，杜甫的归心
李白的轻舟载着早霞
都将陆沉在浩渺之下
逐波而去追屈原的乱发
楚歌，唐韵，都无家可归
沦为无处移民的难民
而三峡啊唯美的三峡
依依的三峡啊汉魂所附
只能蟠蜿在古籍的尾注

一条恐龙

终将灭种

被无情的大江滔滔淘空

——一九九七·十一·廿三

水　仙

半钵清浅就可托洁癖
满室幽香已暗传风神
从石蒜肥硕的胎里
拔起亭亭的青翠，撑起
如伞的花序，如雪的
纯白，也是六瓣，戴起
金色的副冠多帅气
甘冒严寒，忍受刻骨的雕刑
赶在元宵，所有情人的前面
踏波而来，来赴我灯下
今年的约会，疑幻疑真
水仙的节庆，美的凯旋

不须燃亮世俗的烛光

你高擎的那一簇灿烂

　正是爱神

自惊艳中，诞生

——一九九八·一·卅一

高楼对海

高楼对海，长窗向西
黄昏之来多彩而神秘
落日去时，把海峡交给晚霞
晚霞去时，把海峡交给灯塔
我的桌灯也同时亮起
于是礼成，夜，便算开始了
灯塔是海上的一盏桌灯
桌灯，是桌上的一座灯塔
照着白发的心事在灯下
起伏如满满一海峡风浪
一波接一波来撼晚年
一生苍茫还留下什么呢？

除了窗口这一盏孤灯
与我共守这一截长夜
写诗，写信，无论做什么
都与他，最亲的伙伴
第一位读者，就近斟酌
迟寐的心情，纷乱的世变
比一切知己，甚至家人
更能默默地为我分忧
有一天，白发也不在灯下
一生苍茫还留下什么呢？
除了把落日留给海峡
除了把灯塔留给风浪
除了把回不了头的世纪
留给下不了笔的历史
还留下什么呢，一生苍茫？
至于这一盏孤灯，寂寞的见证
亲爱的读者啊，就留给你们

——一九九八·二·二

听高德弹贝多芬

——Glenn Gould：The Emperor Concerto

你灰蓝的眼瞳越过一切
与贝多芬的怒眉冥冥相接
善感的灰蓝，奇幻的灰蓝
洞见我们所无力窥探
音乐厅的盛况，一排排耳朵
对你不过是空厅，只有
柔目与怒眉在一问，一答
用琴键你问，用鼓号他答
密密的耳丛在暗处窃听
听你灵异的手指啊
娜长而善舞，夭矫若巫
　重擂，轻叩

旁敲，侧击
向长长一整排八十八键
黑起白落，召来德意志
刚亢的意志来君临空厅
入神，出神，忘我的眼神
入彀，出窍，中魔的知音
突然间幸好众乐齐作
把失魂落魄，断然，都喝醒

——一九九八·二·四

七十自喻

再长的江河终必要入海
河口那片三角洲
还要奔波多久才抵达？
只知道早就出了峡
回望一道道横断山脉
关之不断，阻之不绝
到此平缓已经是下游
多少支流一路来投奔
沙泥与岁月都已沉淀
宁静的深夜，你听
河口隐隐传来海啸
而河源雪水初融

正滴成清细的涓涓
再长的江河终必要入海
河水不回头，而河长在

——一九九八·二·四

老来多梦

老来多梦，不知道有什么象征
不知要怪床或是怪枕
怪枕头太短而夜太长
怪枕头太软而头颅太硬
怪床头没有把北极对准
令磁场不正，而床沿的方向
也没有配合汹涌的海峡
怪墙头的名画令人不安
睡前更不该读尼采，叔本华
令床伴不胜其烦，嗤我
不过是庸人自扰吧，与什么
磁场啦哲学啦有何关

说罢一翻身，背对着我
继续做她的至人无梦
我调整了枕头，移了床位
把墙头的达利换了达·芬奇
睡前改看平庸的社论，或者
金石堂银石堂叮当的新书
却依然多梦，乱呓吞吐
有时更砉砉磨牙，把床伴
无辜的黑甜之乡咬成
锯齿龃龉的不规则形状
真是愧对娇妻了，却又不能
滥用同床异梦的成语，只因
她一夜沉酣根本就无梦
情况始终无起色，也没有
听她的劝勉去心理治疗
若是少年的绮梦啊遗迹斑斑
或是圣人的恶梦，关系
帝国的兴亡，也许还值得
去躺在昂贵的催眠榻上
或求助占星术，转动水晶球
或翻遍佛洛伊德的名著

我梦的无非是一些小杂魇
何曾有什么英雄气盛
或儿女情长，上则不配
入悲剧或史诗，下又不足
探讨离奇的神经病史
凡我所爱的面孔或景观
母亲的慈颜，童年的玩伴
嘉陵江边古陋的小城
江南运河多桥的水乡
始终都不肯为我入梦来
醒时的苦念梦中不补偿
却牛鬼而蛇神，鸡零而狗碎
出没无常来祟人梦乡
追记，却从来说不清楚
只觉得幻境咄咄逼人
一翻身便忘了，再翻身
鱼肚已经翻出了黎明，正如
走私的珠宝无论多琳琅
都难过严关的边境

——一九九八·二·八

苍茫时刻

温柔的黄昏啊唯美的黄昏
当所有的眼睛都向西凝神
看落日在海葬之前
用满天壮丽的霞光
像男高音为歌剧收场
向我们这世界说再见
即使防波堤伸得再长
也挽留不了满海的余光
更无法叫住孤独的货船
莫在这苍茫的时刻出港

——一九九八·二·十五

一张椅子

一张椅子究竟
坐几分之一
才算是谦虚？

绝不能超过
四分之一
最初，你说

但后来你变大了
而椅子呢
开始嫌小

四分之三
四分之七
你渐渐失去重心

而一张椅子
似乎已嫌少
甚至两张

你愈变愈笨重
四只椅脚
已开始呻吟

危险的吱吱
下面的蚂蚁
全听见了

我还来不及
大叫当心
椅子已解体

你跌在曾经
是椅子的地方
对满地碎片说

“你们要检讨！”

——一九九八·二·廿

共　灯

从一本古书上抬起倦眼
惊见那许多小青虫
热闹而又兴奋，隔着
初夏乍暖的窗子，贴着
玻璃的背面蠕蠕攀爬
原来窗口这一盏小灯
寂寞如它夜读的主人
竟有这些稚气的生命
蠢蠢然挤来与我共享
我全然不知，小飞客们啊
昆虫学叫你们什么名字
不知从何处你们飞来

明晚此时又飞去何处
却无妨隔着这一片透明
珍重一夕共灯的缘份
但主人的这一点心意
小飞客们不知道是否
真能够领情，一时只见
青嫩的微躯向我袒腹
沿着长窗垂直的峭壁
辛苦地落下又再爬起
六足纤纤不胜其繁忙
我着魔的眼睛凝望久久
无意间越过这一队飞客
投向后面神秘的星空
惊见那一簇啊又一簇
美得多惑人的光族，不知
天文学叫他们什么名字
不知那辉煌从何年开始
更不知终究要亮到几时
或许隔光年也无非像是
隔着一扇奇幻的天窗

众星灼灼也瞥见了我，一只
无端的小青虫，不知
叫什么名字，为何在此
更不知再一瞥，已过千年
小青虫也罢，灯主也罢
又统统都去了，哦，何处

——一九九八·二·廿四

风　声

你问我什么音乐最耐听
当然是寂静，我说，无边的寂静
至上的耳福是听域透明
当聒噪都已淀定
其次是风声，远从世界的尽头
无端地吹来，尤其在日落时分
令整个海峡都为之振奋
那呼啸的高调再三强调
一个单调的快调，所向披靡
庞然沛然的大气扑来，磅礴无比
那是造化在吐纳，神在运息
鼓励我肺叶飘飘，若风筝要跃起

令人兴发，猜想那一股元气
卷地而来，要扫尽沉沉的暮气
必然隐带着天机，似乎要诉说
一个故事，比人类更苍老
当传说与宗教尚未开端
天地初分，阴阳蠢蠢
大野一任这飒飒单调
用强调的高调日夜呼啸
催一个阵痛的星球诞生
那原始的喉音，唇音，齿音
究竟预警怎样的命运
世纪将尽而先知不来
后知嘈嘈而天启不开
凡耳如我又岂能妄断？
但海浪翻白显然已听懂
不然何以都激昂而奋飞
却飞腾不去，只能轮番地鞭打
几乎淹没的灯塔与长堤
连我面海的高窗轧轧
也都不放过，若非

我及时推椅，关窗

这薄薄的诗稿早随飙飘去

——一九九八·二·廿六

月色有异

灯塔向天，长堤向海
究竟在寻找什么呢？
湾名西子而西子何在？
从未兑现的预言啊
等了一千年仍是空待
直到今晚，月色有异
月色有意，拭出一轮圆满
脉脉的清光就是当年
照你梳妆的那一面吗？
此夕高悬成美的焦点
就为了照你浣纱归来
施施将迷离的树影拂开

像拂开古来一层层典故
无边的月色都由你做主
只等你轻轻的莲步，一路
是真的吗，向我迎来

——一九九八·四·十

银　咒

当月色冰冰在我的屋顶
正诵着令人分心
令人蠢蠢不安的银咒
明知芬多精的精灵
今晚一齐出动了
在屋后的半山坡上
那翳天的榄仁树荫里
正鼓动神奇的夜氛
这可怜的短枕，不灵的渡船
怎能渡我到梦的深湾？
月色无垠，你的屋顶
烂银的流光也正在

念着那一卷缱绻经吗？

而你是入梦了呢，充耳不闻

还是早已被掳

一道无奈的银咒，月色无边

正将你团团围住？

——一九九八·四·十九

我的缪思

岁月愈老，为何缪思愈年轻？
当众人正准备庆祝
可惊啊我七十岁的生辰
蜡烛之多令蛋糕不胜其负荷
为何我剧跳的诗心
自觉才三十加五呢？
偏选在重九，秋神的节日
登高吟啸，新作达九首之多
豪兴像是放自己的烟火
这就是为何啊我的缪思
我的缪思，美艳而娉婷
非但不弃我而去，反而

扬着一枝月桂的翠青
绽着欢笑，正迎我而来
且赞我不肯让岁月捉住
仍能追上她轻盈的舞步
才二十七岁呢，我的缪思

——一九九八·四·廿七

仙　枕

当世界太喧嚣而我太疲劳
何处能找到一只仙枕呢？
一只可以安眠的仙枕
按摩可怜的耳神经
且把焦灼的眼球啊
引入一个深沉的梦境
但试了无数次才了解
如此的仙枕世间所无
除非让这沉重的脑袋
偎在你含笑纵容的膝盖
窝我的烦恼在你胸怀
用纤纤的手指梳我的乱发

更轻轻抚拢我的眼睫
哼一曲特效的催眠歌
母性的鼻音令人恍惚
一个分神竟然被睡魔
推进了无何有黑甜之乡
而如果你怜我转侧不安
怕我睡得还不够熟稳
可以再俯下身来，美目
在魅黑的发丛里明灭若星
向我的倦睫盖下一吻
把我反锁在无梦的至境
无梦的恬然，无忧，无惧
要梦做什么呢，你的暖怀
不正是一切美梦的归宿？
若最后你要我醒来
最神奇的方式，该是
向我的焦唇轻沾一吻

——一九九八·四·廿九

春雨绵绵

春雨绵绵
从你的厝边到我的门边
春雨沥沥
从你的弄底到我的巷底
春雨淋淋
从你的屋顶到我的车顶
春雨湃湃
从你的窗台到我的露台
春雨潺潺
从你的花伞到我的黑伞
下吧，温柔的春雨
下一季缠绵的雨季

编织千层的水晶帘
窥你帘后绰约的明艳
只等你，雨季一停
就以虹神的不耐
把雨帘雾幕一层层掀开
在新霁赫赫的晴光里
摇响嫣笑的串铃
一路叮叮，迎我而来

——一九九八·五·廿

给星光一点机会

给星光一点机会
合上你明媚的眼神
月蚀，五分钟也够了
至少应该有三分
给星光一点机会
低悬在你的耳垂
或是明灭地出没
在你飞扬的发波
给灯塔一点机会
把货船领回海港
给天河一点机会
好密密麻麻地分布

银碎的满穹烛光

给诗人一点机会吧

让他情怯的嘴唇

乘着月蚀的掩护

在深沉的卷潮声中

寻觅你，巫娘的丰唇

——一九九八·五·卅一

雕花水晶

每当寂寞无聊
就用一柄裁信的薄刀
轻叩案头那一只
雕花水晶的杯子
魔术一般
竟然就召来
你清纯的笑声
“那是什么声音啊？”
长途电话的那头
你惊奇地问道
“是你的笑声，”我说
于是你真的笑了

像一柄裁信刀

轻轻在敲

雕花如云的水晶杯口

——一九九八·七·九

绝　色

美丽而善变的巫娘，那月亮
翻译是她的特长
却把世界译走了样
把太阳的熔金译成了流银
把烈火译成了冰
而且带点薄荷的风味
凡尝过的人都说
译文是全不可靠
但比起原文来呢
却更加神秘，更加美

雪是另一位唯美的译者
存心把世界译错

或者译对，诗人说
只因原文本来就多误
所以每当雪姑
乘着六瓣的降落伞
在风里飞旋地降临
这世界一夜之间
比革命更彻底
竟变得如此白净
若逢新雪初霁，满月当空
下面平铺着皓影
上面流转着亮银
而你带笑地向我步来
月色与雪色之间
你是第三种绝色
不知月色加反光的雪色
该如何将你的本色
——已经够出色的了
合译成更绝的艳色？

——一九九八·七·卅

因你一笑

我的歌正要接近尾声
却因你投来的眼神
是那样带笑的明丽
而突然拔高了八度音
由低沉拔向慷慨
由原来盖顶的阴霾
突然着魔，像晚霞艳开
我的男高音拔向最高潮
你的亮笑飞过来参加
寂寞的独白变成对话
歌声和笑韵，一问一答

这世界本来准备要关闭
是为你一笑而决定再开

——一九九八·九·十八

圣彼得堡

——俄国行之一

堡呢依然是彼得堡
城却不再是列宁城
革命家也被革了命
只留下三尊，两尊铜像
还斜斜地镇压着
再也镇不住的广场
由得导游去指点
也吸引不了观光客
懒得回望的目光
杜斯陀也夫斯基
挂铜牌的故居斜对面
清冷的菜市场里

几个老媪守着摊位
皱脸的沧桑对着
卖不出去的空瓶
另一个垂头蹲着
脚边的一只小铁罐
只讨到几枚卢布
我手中的一枚迟迟
不知该不该掷下
只怕拍挞地一声响
非但救不了她，反而
令高贵的普希金啊
气得在墓里翻身

俄罗斯木偶

——俄国行之二

厚笃笃，胖嘟嘟
俄罗斯的旧民俗
用亮丽的油彩来描画
画出一个老公公
圆鼓鼓的胖肚肚
　旋啊旋
旋出一个老妈妈
圆鼓鼓的胖肚肚
　旋啊旋
旋出一个小娃娃
圆鼓鼓的胖肚肚
　旋啊旋

旋出一只小猫咪
圆鼓鼓的胖肚肚
　旋啊旋
旋出一只小老鼠
圆鼓鼓的胖肚肚
　旋啊旋
旋出一块小起士
以为这下旋到了底
不料里面还有声音
圆鼓鼓的小肚肚
　旋啊旋，咦
飞出一只小苍蝇

金色喷泉

——咏香槟

夜夜催眠，被马恩的河水
日日吻醒，被法国的艳阳
直到秋神来将你摘下
黑汁如夜色，白浆如曙光
混血而成黄昏的秘密
三百年前是贝希农神父
用一句魔咒的喃喃
将你囚入地窖的黑暗
颠来倒去，左旋右转
悠长而不安的混沌里
你在梦中不断地翻身
终于魔咒应验，细口长颈

再也忍不住满腔芬芳
勃地一响，惊呼声里
一道金色的喷泉跃回世间
以此飨宾，谁不陶然？
以此浇渴，谁不醺然？
飞腾的泡沫升起幻梦
举着盛梦的高脚杯，谁，不飘然？

——一九九八·十一·九

后　记

《高楼对海》是缪思为我诞生的第十八胎孩子，也是高雄为我接生的第四本诗集。

取名《高楼对海》，是纪念这些作品都是在对海的楼窗下写的，波光在望，潮声在耳，所以灵思不绝。来高雄将近十五年，我一直定居西子湾（台湾）中山大学的教授宿舍，住在甲栋四楼，无论靠着阳台的栏杆，或是就着书房的窗口，都可以越过凤凰树梢，俯眺船来船去的高雄内港，更越过长堤一般的旗津，远望外面浩阔的海峡。家居如此，上班就更加亲近水的世界了。山回路转，我的办公室在文学院四楼，西子湾港口的堤防和灯塔，甚至堤外无际的汪洋，都日日在望。

高雄气候晴爽，西望海峡，水天交界的那一线虚无，妙手接走的落日，一年至少有两百多个。那正是大陆的方向，对准我的童年，也是香港的方向，对准我的中年；余下来的岁月，大半在这岛上度过，就像寿山、柴山一样，在背后撑持着我。十五年来如此倚山面海，在晚年从容回顾晚景，命运似乎有意安排这壮丽的场景，让我在西子湾“就位”。

无论如何，这寂对海天的场景，提供了我诗境的背景，让我在融情入景的时候有现成的壮阔与神奇可供驱遣，得以事半功倍。当然海峡就横陈在那里，人人得而咏之，就像江峡就隐藏在那里，人人得而探之。只是在杜甫之前，江峡一直无主，杜甫之后，就收入他的句中，为他所有了。为诗人所有之后，也就为天下的读者所有了。

西子湾的海天久已成为我高雄时期诗作的背景，从最早的《望海》《梦与地理》《让春天从高雄出发》到最近的《夜读曹操》《高雄港上》《风声》，莫不如此。如果十五年来我未做海的邻居，则不论诗情如何澎湃，也写不出这样的句子：

更外面，海峡的浩荡与天相磨
水世界的体魄微微隆起
更远的舷影，幻白贴着蒙蒙青
已经看不出任何细节了
隐隐是艨艟的巨舶两三
正以渺小的吨位投入
卫星云图的天气，众神的脾气
——《高雄港上》

也不可能有如下的“互喻”虚实相生：

晚霞去时，把海峡交给灯塔
我的桌灯也同时亮起
于是礼成，夜，便算开始了
灯塔是海上的一盏桌灯
桌灯，是桌上的一座灯塔
——《高楼对海》

有幸得宠于海神，我在西子湾的诗作不必刻意造境，只须自然写景，因为只要情融于景，就成了境。

我读中国的古典诗，常震撼于其“气象”。例如孟浩然的“气蒸云梦泽，波撼岳阳城”，其中的地理唤起的空间感，自有一种浑茫的气象。又如李白的“峨眉山月半轮秋，影入平羌江水流。夜发清溪向三峡，思君不见下渝州”，四句诗中竟有五个地名，却不嫌其繁多，反而感到诗意至少有一半是赖地理结构来完成。

在现代诗人之中，我自觉是甚具地理感的一位。在我的美学经验里，强烈而明晰的地理关系十分重要，这特色不但见于我的诗，也见于我的散文。时间与空间，原为现实的两大坐标，在中国古典诗中都极为强调。在这一方面，我的诗是相当古典也相当写实的。

古典诗当然不能说成是纯然写实，如果纯然写实，也就不成其为艺术。古典诗人只是用现实做跳板，跳到一个虚实相生若即若离的意境。画家高敢就说，艺术家创作，是面对自然做了一个梦。十五年来，我有幸日夕与壮丽的西子湾相对，常以地理入诗。地理一旦入诗，就不再是地理的实境，而是艺术的“意境”了。李贺所说“笔补造化天无功”，真是大胆而武断的美学。

《高楼对海》里的五十九首诗，至少有十六首是取材或取景于台湾，其中八首即以西子湾为场景，比例不低。若把定居高雄后的前三本诗集，《梦与地理》《安石榴》《五行无阻》也包括在内，则西子湾的山精海灵给我的天启，至少引出了二十四五首诗，分量不输我沙田时代吐露港上的收成。从一九七四年八月到一九九九年八月，诗人何幸，竟能四时山居，高楼长窗，坐对海蓝。没有这长达四分之一世纪的“海缘”，我诗中的世界必定无此“气象”。

去年我自（台湾）中山大学退休，虽仍接受校方改聘，担任“光华讲座教授”，并兼授二课，终于还是搬出了西子湾的校园，迁来高雄的市区。新居虽然高在八楼，书房也比旧居开敞，但是当窗却换了街景，无论有多繁华，有多气派，毕竟不是烟波浩荡了。幸而（台湾）中山大学还让我保留了文学院四楼的办公室，远望依然海天无阻，因而我的“海缘”尚未断绝。

《高楼对海》里的作品都是一九九五年到

一九九八年之间所写，真真是告别上个世纪的纪念了，也借以纪念我写诗已达五十周年。五十年前，我的第一首诗《沙浮投海》写于南京，那窗口对着的却是紫金山。好久好远啊，少年的诗心。只要我一日不放下这支笔，那颗心就依然跳着。

二〇〇〇年三月二十二日于左岸

特　载

海阔，风紧，楼高——读余光中《高楼对海》

唐　捐

年轻时“以钢笔与毛笔决斗”的诗人，如今在单挑高尔夫球杆。新集一开卷便是三帖战书：第一战对手好像占了上风，山残水破，白球硬是鲠住咽喉；第二战算是平手，言者谆谆，听者藐藐，麦克风虽然化作耳边风，耳朵却也奈何不了嘴巴；第三战桂冠就要压倒王冠，诗像伏魔之钵，把世俗权威化作一枚小注，千钧变成四两，被钢笔轻轻挑走。从愤怒郁卒到昂然自信，三战下来，好像长江才过了三峡，莽莽滔滔，水势正旺。诗人当然老了，但中国诗人向来有一种“愈老愈剥落”的传统，所谓“老更成”“老以劲”“媚出于老”等，都是以“老”为风格描述语，用表“寓奇崛于寻常”“发纤浓于简淡”的境界。老杜到夔州，大苏过岭南，夕阳在山，另一场好戏才正要登场。

新集里颇有几首诗是直接处理老境的，像《悲来日》这样对时间“示弱”的作品，从前并不多见。但这首诗与其说是叹老，不如说是叙写夫妇百年修得之缘，至情所感，难免也就萌生悲怀了。诗人其实是“能入能出”的，《老来多梦》就有一层自我解嘲的旷达。再如《七十自喻》以“江河必入海”的感慨发端，几经转折演绎，乃结以“水去河长在”的体悟，心眼手笔俱见开朗。《我的缪思》则又展现了“不肯让岁月捉住”的决心，诗人说：“岁月愈老，为何缪思愈年轻？”是了，这正是我们所熟悉的“不肯认输的灵魂”。缪思正年轻，证据何在？“登高吟啸，新作达九首”是一证，以文统对抗政统的魄力是一证，驰骤数十行而略无衰惫之气，这又是一证。

比兴是诗，赋笔铺叙也是诗，前者易为，后者则非精于思索安排、操控文气者莫办，这便是诗之古风、词之长调所以困难的地方。但诗人向来悠为于此，巧笔善转，妙诣独造，当然也就居之安而资之深了。像《抱孙女》这样的长篇，由含饴之乐转到世纪交替的沉思，再由世界的混乱转回生命的希望，可说是回环相扣，摇曳生姿。诗人渐老，写亲情的作品明显有增多之势，其实人伦日用正是大道的根本，在中国心台湾情逐渐沉淀下来以后，读到这样的诗，更使人倍感亲切轻松。亲情是诗，应答酬酢也是诗。年轻时以笔为剑的机会多些，老了则珍惜笔墨情缘。但这未必有碍于艺，章实斋就曾以孟子和韩愈为例，指出："苟果有见于意之所谓诚然，则触处可发挥，应酬人事，亦以吾道施之。"优秀的诗人自能将应酬转为触媒，随机点化，展现更多更大的可能。其实，诗人的笔向来不甚逶迤，另一长篇《深呼吸》便是充满强度的力作，这首诗跟三篇《高尔夫情意结》同属刺世疾邪之类，在郁卒的情绪下，语言也就愈趋横恣了，全诗把心理现象转化为生理症状，以身体为舞台，逐层演示世界的乱象。尤其是后半段的一呼一吸，似乎有意追踪《齐物论》的笔路，意念所到，百气齐发，堪称极尽操控读者呼吸之能事。怒骂是诗，嬉笑也是诗。《劝一位愤怒的朋友》便是以谐谑，甚至怪诞的笔调来冷却朋友的火气。而《食客之歌》根本就得自筵席妙谈，近乎古人所谓“口占”，特重灵思一闪的机锋。表现方式是简单极了，却不乏回味的空间。

实际上，这本新集里“妙谈”颇多，例如《与海为邻》的首段与《一张椅子》全篇。妙谈、雄辩、美文、博喻，这些都可以是诗，但是不是诗的精粹所在，也许还有思考的空间。而诗人最好的作品像《敲打乐》《在冷战的年代》《白玉苦瓜》，恰好比较没有这些成分。熟悉《与永恒拔河》以下文体的读者，对于新集里这样的句法，应当不会感到陌生：“布谷鸟啼，两岸是一样的咕咕 / 木棉花开，两岸是一样的艳艳”，“夜夜催眠，被马恩的河水 / 日日吻醒，被法国的艳阳”，“灯塔向天，长堤向海”，这些有时令我想起写过“并刀如水，吴盐胜雪”的周邦彦，词律之精，思力之强，非老于斯艺者莫办，惟其胜处却不在于自然喷薄的感发。雅言是诗，街头巷语也是诗。这本新集里就有这样的句子：“放弃了，啥米碗锅，所谓 /

知的权利，知了又能够如何？／还不如知了知了听蝉叫”。“知了”的一语双关，还算是妙谈，但前面安置一个“啥米碗锅”，整个语气都活络起来，气急败坏的情态历历如在目前。其他如“他妈的”“鸟事”这类鄙语的适度活用，也有调剂雅言的功能。

诗人年轻时曾说：“杰作，我，死亡，三人作长途的赛跑，／无声地，在没有回音的沙漠，／但是紧张地，因廿一世纪的观众等待在远方。”这种跑马拉松的决心与耐力，贯串半世纪而不懈，十八本诗集就是金相玉式的奖杯。总其成绩，“廿一世纪的观众”必然不能忽视。我们细读新集，固然震服于长夜孤灯之际，《高楼对海》的浑茫境界；更敬佩他《飞越西岸》时，直欲破空而降，伏魔捉妖的猛志。前者是气象，后者也是气象。采笔在握，气象万千，山谷之称东坡也，曰：“公如大国楚，吞五湖三江。”

原载二〇〇〇年七月十七日

“中央日报”《副刊》

图书在版编目（CIP）数据

高楼对海 / 余光中著. — 上海：上海三联书店，2019.3

ISBN 978-7-5426-6555-3

Ⅰ. ①高… Ⅱ. ①余… Ⅲ. ①诗集—中国—当代 Ⅳ. ①I227

中国版本图书馆CIP数据核字(2018)第257524号

高楼对海

著　　者 / 余光中

责任编辑 / 朱静蔚
特约编辑 / 李志卿　丁敏翔
装帧设计 / 微言视觉工坊 | 阿　龙　苗庆东
监　　制 / 姚　军
责任校对 / 田　雪

出版发行 / 上海三联书店
(200030) 上海市徐汇区漕溪北路331号中金国际广场A座6楼
邮购电话 / 021-22895540
印　　刷 / 山东临沂新华印刷物流集团有限责任公司

版　　次 / 2019年3月第1版
印　　次 / 2019年3月第1次印刷
开　　本 / 787×1092　1/32
字　　数 / 77千字
印　　张 / 5.25
书　　号 / ISBN 978-7-5426-6555-3 / I·1476
定　　价 / 36.00元